거울아 거울아

거울아 거울아

글·그림 다드래기

정시안 편

네오
카툰

차례

/

거울아 거울아 _ 정시안 편

1화

/

정시안입니다

● 다섯 살 때였습니다

저는 멋진 남자라는 걸 알았습니다.

● 정시안입니다

내 이름은 정시안입니다.

스물일곱 살이고요.

이것저것 놀다 보니

아직 대학생입니다.

● 홀로서기

가족들은 모두 캐나다에 있어요.

저는 어쩌다 보니

교환학생으로 들어와 살고 있습니다.

6

● 장래희망

제 꿈은 소프트볼 선수였지만

재능이 없어서 잘 안 됐어요.

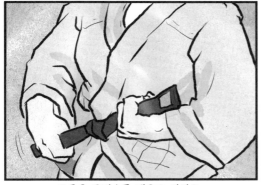

요즘은 주짓수를 배우고 있어요.

진정한 남자의 운동인 것 같아요.

● 내 안의 나

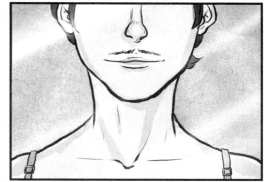

제 안에는 '쌍둥이 형'이 하나 있어요.

저는 '시훈'이라고 불러요.

지금은 가끔 만나는 멋진 형이지만

언젠가는 정말 시훈이가 될 거예요.

● 구체적인 계획

채소는, 사장님이 이틀에 한 번 바꾸실 거예요.

특별히 시안 누님이 신경 쓰실 건 없어요.

쉰 살에는 정식으로 남자가 될 계획이에요.

술을 안 팔아서

누님 일하시기엔 훨씬 나을 거예요.

물론 젊고 건강할 때 해야 되겠지만,

아, 저는 목요일부터 토요일이고요.

말씀은 편하게 하세요.

그동안 돈도 많이 모으고요, 또…

저는 장수라고 해요.

이런 아들이면 ♥

젊을 때 꼭 아이를 낳고 싶거든요.

● 선택받은 자

전 남친입니다.

옛날 여친이에요.

내가 사랑하는 건 인간이지

남자나 여자가 아니야.

누구나 나의 동반자가 될 수 있다고 생각해요.

나는 행운아인 것 같아요.

● 하이스쿨 보이

2화

/

사춘기

● Haircut

● 대물

● 교장실

네 결정을 먼저 이야기해주고

항상 우릴 믿어줘서 고맙게 생각하고 있어.

나도 네 입장을 존중한단다.

그렇지만 너무 갑작스러운 것도 사실이지 않니?

도리 - 도리 -

으-윽

다른 남학생들도 사정을 알고 받아들일 시간은 필요한 거니까

학생회의에서 결정될 때까지…

어디 불편해요?

아뇨… 옛날 생각이 나서….

남자 화장실 출입은 금지야. 알겠지?

…

● 학식 오빠

3화

/

레인보우 식스

● 게시판

● 레인보우 식스

흠, 역시-.

이름이 너무 촌스러워.

아이고- 쓰레기-.

가입하려고요? 신입생?

● 신입회원

나랑 동갑이네-.
군대 갔다 왔어요?
ㅋㅋㅋ

● 확실한 정체성

당연히 문제가 될
이유는 없지-.

드디어 우리도

레즈비언 회원을 받네.

간혹 대외적으로

정체성을 확실히 하길
원하는 사람도 있어서.

나, 레즈비언 아닌데?

성우 오빠!

알다시피, 모호하면 괜히
싫어하는 사람들 있잖아.

밖에 낙서 좀 지우자.
흉하잖아.

확실한 건데

뭐가 모호하다는 거야?

15

● Samba de Uma Nota Só

● 호수

4화

/

못생긴 여자

● Pride of Toronto

우와- 우리 학교에

무슨 게이들이
이렇게 많아.

토론토에서 아주 용자가
나셨네.*

아빠 보시면 난리 나겠다.

용감하네 용감해-.

저런 말을 막 해.

● 치약 청소

생긴 건 얼마 안 됐고요.

취지는 좋은데

누가 쉽게 얼굴 내고
오려고 하겠어요.

저도 성우 오빠가 도와준 게
많으니까

뭐, 그럼 같이 해보자…

와- 진짜 잘 닦이네?

치약 쓰면 되는 거
어떻게 알았어?

*토론토가 속한 캐나다 온타리오 주는 온타리오인권법(OHRC: Ontario
Human Rights Code)에 의해 소수자 인권 보호 활동이 활발하며 2012년
'성 정체성'까지 포함하여 차별금지법을 개정하였다.

● GAY ACT

어차피 몸짱들은

퍼레이드 때 벗을 거니까

입는 사람들은 좀 눈에 띄는
방법 없을까?

이런 거 어때?

푹-!

● 또라이

아- 짜증 나.

저쪽 벽은 칠해야 하나.

어딜 좀 손볼까?

흠.

야야, 쟤 맞지?

그 기공과 또라이 아냐?

● 비극

와- 완전 토할 거 같아.

● 예쁘니까

...

보통 트랜스젠더는 예쁘지 않냐?

못생긴 게 더 힘들 건데.

나 닮았어...

왜요 누나?

미친놈.

장수 넌 예쁘니까

여자가 되고 싶을 때도 있어?

무슨 개소리예요?

그러게-

22

내가 예쁘다면
남자가 되고 싶지 않을 거란
소린가?

5화

/

2012년

나 다음 달부터 트랜지션(Transition) 들어가. *

갑상선 연골 축소도 같이 하기로 한 거야?

응, 이왕 할 수 있는 건 미리 하려고.

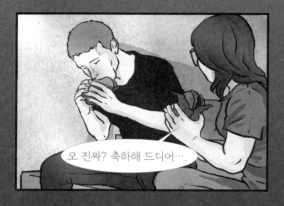

오 진짜? 축하해 드디어….

광대 축소도 좀 하는 게 어때?

시끄러, 내 광대 정도는 매력적이거든?

가족들은?

턱만 좀 손보려고.

시안,

글쎄-.

그 정도면 나 충분하겠지?

어, 그럼-.

* 트랜지션(Transition); 트랜스젠더나 성전환자가 호르몬 요법이나 성전환 수술 등을 통해 성 역할을 다른 성으로 바꾸는 과정.

● 꼬마

처음 하는 거라 피곤하지?

사실 독립한 지도 얼마 안 돼서

외박도 어색해.

부스스―

뭐야, 꼬마였잖아 이거―.

● 소용없는 일

군인이 되면

남자로 살 수 있을 줄 알았지.

봐, 몸도 얼마나 열심히 만들었는데.

근데…

그냥 몸매만 버린 거 같아.

● 오해하지 말고

시드니

이건 진심이니까

오해하지 말고
들어줘.

네가 남자든 여자든
뭐라도 상관없어.

What the…

나랑 사귀면 안 돼?

내가

네 옆에 있을게!

● 보고 싶다

누나!

치아바타 치킨 샌드위치요!

예예, 준비합니다 오라이-.

보고 싶다, 시드니.

6화

/

비슷한 여자

● 생각나는 사람

● 몸매 깡패

그럼 너도 군대 때문에 몸매 관리를 못 했구나.

아 뭐… 좀 버리긴 했지만

타고난 게 나쁘진 않으니까.

…

군대보다는 막노동 때문에….

● 너무 예쁘다

어머, 나 이거 써보고 싶었어.

남자들은 이런 거 좋아해?

아냐~ 꽃 냄새라고 다 좋진 않아~

저 사람이야.

● 가임기

언니는 학교 졸업한대도

그 큰 수술비는 언제 모으니?

도저히 오빠라고 못 하겠다~.

뭐 어차피 최대 쉰 살까진 유예를 둘 거야.

언제 임신할지 몰라서.

아….

뭐라고?

● SPERM BANK

내가 애를 낳아줄게.

지금이라도 말이야

네 정자를 미리 보관해두는 거 어때?

풉-!

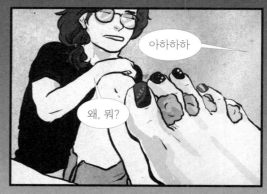

아하하하

왜, 뭐?

7화 / I feel pretty

● 제일 뒤에

● 이런 얘기 안 하려고 했는데

● 흘끔흘끔

1

8화

/

과거의 선택

● 완제

어이고~
그동안 수고했다.

위에 두 개는 달았고

이제 밑에 거도 떼야제?

태국으로 가냐? 부산?

광대도 좀 깎으면 좋것는디?

신경 끄고
영수증이나 써.

● 꼽순이

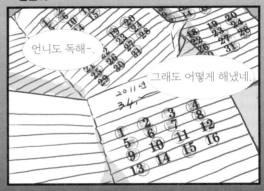

언니도 독해-.

그래도 어떻게 해냈네.

등록금 내고 그러면
돈 모으기 힘들 텐데.

괜찮겠어?

언제까지 꼽순이*로
살 거야?

*꼽순이: 거세하지 않은 트랜스젠더가 성기를 허벅지 사이에 끼워 넣는 것

40

● 주독야경

● 응시생 강석호

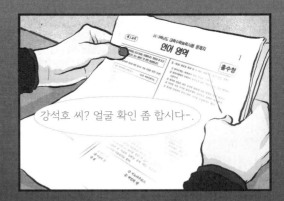

9화 / 되는 일이 없군

● 회의

우리가 하청업체도 아니고
뭔 동아리가 실적을
내라는 거야.

그냥 지들이 기분 나쁘니까
그런 거지.

이건 엄연한 차별이라고.

서예동아리는 맨날
술만 퍼마시던데.

걔들은 전시회를
할 수 있잖아.

잠깐 얘기 좀 하고 올게.

호수랑 원래 알던 사이야?

여자애들하고도 나름 친하고

성적도 좋고 장학금도 곧잘 타고

응, 그때 호수네 가게 단골~

목표는 사법고시

없어지는데?

좀 못생겨도 붙임성이 좋아서

호수도 꽤나 인기 있었어.

그래서 문제지.

대학 가라고 네가 꼬셨구나.

그렇쥐.

지난번 모임 때도 정선 씨는 안 나와서요.

죄송해요. 제가 같이 준비할게요.

● 게이더

어째 우리 장수랑 같은 조가 됐대?

몰라- 쟤 여친이 조 모임에 안 나와 짜증 나게.

둘이 사이도 별로인 눈치야.

그래? 귀여운데 나 소개해줘.

엌?

무슨 톱게이라고, 아무 데나 껄떡대?

에이~ 게이 같은데?

으이고 좀 말조심해-!

힝- 외로웡-.

● 결정적 고민

아- 나 전세 뺄까?

급해? 그래도 요즘 같은 세상에- 그거 믿고 사는 거잖어.

나…

수술비 나올 데가 없어.

● 다른 길

10화

/

혼자 있고 싶어요

● 설레는 마음

가서 한 달은 있을 거야.

지우년이 14박 15일 코스 했다가 공항에서 휠체어 타고 들어왔다니까.

헐.

근데 언니, 오늘 유독 서삼* 난다?

약 먹은 지 1년 다 해가지?

* 서삼: 가짜, 속임수 등의 뜻을 가진 은어. 여기서는 트랜스젠더 티가 난다는 의미이다.

● 돌아와

서울에서도 우리만큼 팀워크 좋은 사람들 없었잖아.

내 단골들도

언니 손님들 다 넘어온 건데 뭐.

연락해봐 '보봐리'.

● 외국인 노동자

야- 외국인, 월급 나왔다-.

우와아앙 사장님 햄보캐요~.

잘해라- 잉-.

장수, 내가 샌드위치 사줄까?

익 지겨워!

아니 우리가- ㅋㅋ 샌드위치 장사 하잖아요.

● 마담 보봐리

호수, 너…

이 작순이가-

얘기 길게
하지 말고.

내일부터 바로 나갈게.

● 귀찮아

우 우웅

응

아~ 오늘은

혼자 있고 싶다.

바쁜가?

● 수신 거부

11화

/

시
차

● 누가 그래?

그렇지만~

누나는 여자잖아.

전에는 머리도 길었고 가슴 나오는 옷도 입었고.

그럼, 시훈이 너도 머리가 길고 가슴이 나오는 옷을 입으면

여자겠네?

● 사실은

잘 들어, 형은 어렸을 때 사고로 고추가 없어졌어.

그래서 억지로 호르몬 치료 받고 여자로 살았던 거야.

진짜야?

전화 온 거냐?

아니요.

그냥 미친 여자예요.

이때가 귀여웠는데.

꼴 보기 싫어.

냉정한 놈-.

● 안부

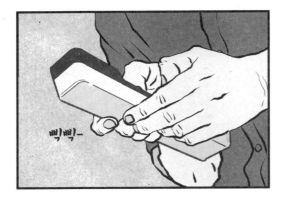

삐빅 삐빅ㅡ

시안이냐?

54

12화

/

넌 누구니?

56

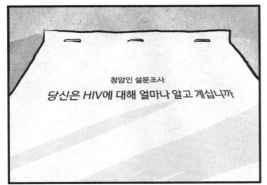

청암인 설문조사
당신은 HIV에 대해 얼마나 알고 계십니까

쓸데없는 데 시간 다 보냈네.

……

성우 저 자식은 진짜-
얼굴만 번번하니 정말 허술해.

뭐야 이게- 게이란 놈이

교회 사람들보다 더해!

어? 호수!

헉헉

또각
또각

뭐 어때? 정면돌파!

으이고!

?

57

내가 언제나

너랑 같은 생각인 것 같아?

……

난 레즈비언이 아니야.

병원…

나도 같이 가면 안 돼?

13화

/

걱정 다반사

● 그냥 따라온 건데

또각
또각

......

성우…!

스으-

● 왕언니

이거, 너 써라.

-칙칙

성가시잖아, 공부하는 데.

고객 관리용이야.

● 고객 관리

호수야아아~.

어머 오빠, 장사는 어쩌고 벌써 와.

안 그래도 희영이 가면 무슨 재미로 오나 했지~

뻥은-.

아, 문자 보낸 게 바꾼 번호인 거지?

이놈의 할망구!

● 그건 나도 아는데

그냥 알바지- 거기 이상한 데 아니야.

괜한 걱정 하지 마.

돈 많이 필요하겠지?

호수도 2차 같은 거 가?

돈이란 게

사람을 얼마나 쥐고 흔드는데

왜 그런 생각을 해?

싫다고 떠난 일을
다시 찾는다는 자체가

절박하다는

일하는 게 나쁘다는
소리가 아니야.

내 친구들도
잘나가는 쇼걸 많아.

신호일지도 모르잖아.

● 객관적 평가

14화

/

외로운 날의 끝

으아~ 구리다 완전 구리다!

대한 에이즈 협회도 이렇게 재미없는 건 안 하겠네요.

그러니?

구려요.

이게 뭐야 오빠~

공식 안내물이랑 콘돔을 주는 게 백배 낫겠다.

콘돔도 편견인데.

아~ 몰라!

치킨 왔습니다!

왔냐?

어, 손님…?

여학생회랑
축제 조인할까 해서.

어차피 저희도
사람이 부족해요.

기공과 손화자예요.
13학번.

무역
정은혜예요.

아,
저는 보행과…

어머 보행과에도
여학생회 있는데!

영진이 아세요?

치킨 왔습니다-.

토론토 경찰입니다.

친구분 일로 몇 가지
여쭙겠습니다.

안톤 드니 벨마르.

알고 계시죠?

오늘 새벽

윈체스터 공원에서 발견됐습니다.

마지막 통화기록이 따님이신데

참고인일 뿐이니까 부담 갖지 않으셨으면 합니다.

치킨이 왔…

…?

레즈비언이 쌍으로 가입한 거야?

헐!

아니, 여학생회…

기대를 많이 하셨나봐요.

65

● 외톨이

퀘백의 가족들과는
연락을 안 하고 지냈더군요.

삼촌이 계신데
인계를 거부했어요.

벨마르 씨한테
남자친구가 있었나요?

아… 아니요.

성폭행 흔적이 있어요.

증오범죄 가능성도
염두에 두고 볼 거예요.

15화

/

지구는 돈다

●설득

● 남의 인생

너는 항상

원하는 대로 말하고,
생각하고, 행동하는데

주위 사람을 안 봐.

눈치 보고 숨기고

힘들어하라는
소리가 아니야.

다른 사람은 너랑 다를 수
있다는 것

그 정도는
알고 있어야지.

● 대세를 따라서

요즘 여학생회는
폐지 추세라

성평등위원회로
출범할 건데요.

취지에 맞으니까
같이 검토하면 좋잖아요.

그렇구먼.

근데 언니, 같은 기공인데
본 적 없는 것 같아요.

아, 난 사정상 공필만
들어서 2학년이면
잘 모를 거야.

뭘 그렇게 봐?

아니, 뭐…

● 대가

독립해서 얻은 게 뭐냐.

살인, 폭력, 마약이
네가 자신 있던 인생이냐?

네가 원하던 게
이런 거야?!

참으세요 아버지!

여보!

인생이 그렇게 쉬운 줄 알아?

● 그래도 지구는 돈다

너만 자신감 있고 당당하지?

너만 옳고 따르지 않으면
나쁜 거야?

우리 생각은 안중에도 없어?

가족들한테 커밍아웃한 건

잘못된 선택이었어.

누나는
이기적이야.

69

● 걱정했는데

● 하자

16화

/

반대

이게 무슨…?

어떠냐, 심리학도로서 관심 없냐?

꼭 동성애자들만 모이는 데가 아냐.

새로운 사람이 더 많이 필요하고

이번 축제 때 신입생 모집에 더 힘쓸 예정이야.

심리학이랑은 딱히 관련이….

유사 이래 이런 치욕은 없었습니다!

청암 시의 자존심! 백 년 사학 청솔대의 지성이

한 번에 무너지는 일입니다.

청솔 기도회는 문란한 성 문화를 조장하는

성평등위원회 출범을 반대합니다!

음행하는 자와 남색 하는 자와

인신매매를 하는 자와 거짓말하는 자와

누가 또 주둥이 털었구먼?

72

우와아아 카레~!

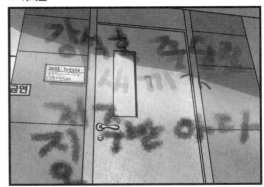

난 평생 카레만
먹고 살 수도 있어.

어서 오세요-

웩 그건 좀….

식상하고도 짜증이 나네.

여어, 이게 누구야.
강석호.

흠….

석호 너, 한 건 했더라?

왜 나만 갖고 그래?

● 나쁜 년

탁탁탁탁

탁탁탁_

이 나쁜 년들.

● 기강 해이

17화

/

각자의 시작

나는 솔직히 싫어.

여학생회만 해도 얼마나 힘든데

게다가 맨날 구설수에 무시나 당하지.

그나마 우리 정도에서 버틴 것도 용해.

어차피 취업 준비도 해야 하고 공감대도 없으면 이만…

야!

넌 여학생회 왜 들었냐?

● 언제부터

네가 뭐라 그랬어?

더 이상 대학가에 여학생은 소수가 아니라며.

어차피 너도 이런 걸로

이력서에나 한 줄 넣으려는 거 아니야?

뭐 언제부터 소수자 인권 운동가였다고….

지금부터!

지금부터 제대로 하면 될 거 아니야!

● 공대녀

수능이 잘 나와서 면접 없이 붙을 수만 있다면

어디든 좋다고 생각했지.

공고도 나왔겠다. 가산점도 있겠다.

사람이 많은 만큼 종류도 많다는 걸

깜빡했지 뭐.

나한테 공대는 지옥.

쉽게 될 리가 있니?

너 학교 간다고 할 때부터 걱정했다.

이야 오래 살고 볼일이네.

모든 사람이 같은 일을 할 수 없다는 거,

네 성격이 이 일에 안 맞는 것도 잘 알아.

요즘 공대는 여학생도 많아졌는데

그렇지만 그런 어중간한 채로 다른 사회생활은 더 힘들어.

짝퉁 여자도 있고 말이야.

하- 개자식 생각나네.

아- 생각하기 싫다.

18화
/
원
수

우와 오빠
손님 몰고 오고 짱!

야야, 내가 누구냐?

천년 만에 왔으면서
유세는 엄청!

왜 그래-?
나 고정팬이야-.

오늘 애희 나왔니?

헐, 딴 계집애는
왜 찾는데?

짝퉁 여자도 있고 말이야.

생각난다는 거지,
보고 싶다곤 안 했는데…

79

원청업체 사람인데

엔간히 까다로워야 말이지.

내가 순수하게 궁금해서 물어보는 건데

수술하면 진짜 여자 거랑 똑같냐?

노는 거 좋아한다고 소문은 있는데

워낙 점잖을 빼니 취향을 알 수가 있나.

걱정 마. 진상 짓 할 것 같으면

오빠는 참- 만져보면 알겠네. 같나 다른가.

그럴까? 하하하하.

내가 잘 처리할게.

야, 너는 왜 자꾸 자리를 비우냐?

골치 아프네-. 하필이면 너도 아는 놈이냐.

웃고 얘기도 좀 해봐. 말 못해?

● 진상

호수는- 원래 좀
새침데기야.

아니~ 말을 안 할 거면

이 일을 하면 안 되지.

무슨…!

아아아 됐어!

목소리가 덜 익었네-.
그냥 말하지 마라.

● 나쁜 놈은 잘나간다

내 얼굴 봐서
참아줘.

엿 같은 새끼인 거
너도 안다며.

방석집까지 다녀도
성에 안 찬단던 놈이야.

하- 취향
복잡한 새끼.

매운맛 좀 보고
살 줄 알았더니

꼴보기 싫게
잘나가고
지랄이야.

● 자취생

19화

/

위험한 귀가

달그락
달그락

♪

솨아ー

누나, 아까 치아바타랑
살라미 싸놓은 거요.

아, 고마워.

밥 제대로 해 먹어요.
가게 음식으로 연명하지 말고.

하하
이건 간식이야~.

● 퇴근

● 마감

● 외로워서

● 귀가

● 따라오는 개

20화

/

필사의 외침

● 이유는 없고

너는 내 앞에서
말하지 말라 그랬지.

어이, 가짜.

너는 늦게 들어왔다며?
몇 살이냐?

미친년, 어디서 눈깔을
똑바로 뜨고 노려봐.

스물세 살요.

● 니가 싫다

● 24시 정육식당

● 필사

21화

/

몰랐나 본데

● Bad memories

덜컹—!

확인했어요.

● 반복

현장이 지저분한 만큼

범인을 찾는 건 시간문제예요.

● 반전

건드리지 마!

호수야!

야 이- 나쁜 놈아!

증오범죄라면 더욱 엄벌입니다.

안 돼!

아.

개새끼야.
나 군대 갔다 온 거
모르지?

내가 약 먹느라
힘이 빠져서 그렇지.

너 같은 거 한주먹도 아니야!

죽고 싶어 그런 거면
소원대로-!

아, 안 돼!

빠-익-!

폭행 신고 받고
왔습니다.

거기, 떨어지세요!

POLICE

빼뽀-
빼뽀-

119
구급대

청암소방   청솔6호

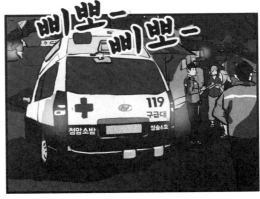

● 만신창이

22화

/

초대받지 않은 손님

● 쌍방 폭행

원래 아는 사이라고
하시던데.

언쟁 끝에
쌍방이 다툰 거라고

저쪽도 강경한
입장이에요.

무슨 언쟁인데 얼굴을
저렇게 떡을 만들어요?

쟤가 저항 안 했으면

얼만큼 더 뭉개려고?

● 죽었으면

이래 술집이나
다니면서 산다고.

니 잘났다고 그래,
나가서 사는 게 이기가?

이래 가지고
살고 싶나?

그럼, 엄마는—

내가
죽었으면 좋겠어?

● 죽든가

● 합의

생판 지 고집대로
할라고,

우길 걸 우겨야지!

그래 죽어라!

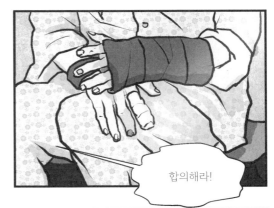

합의해라!

동네 부끄러버
못 산다 나는!

말을 하면 귀담아듣는
척이라도 해라.

일 커져서 누가 좋겠노.

니가 되고 싶다고
마음대로 여자가 되나?

● 퍽이나 위로가 된다

23화

/

내놓은 자식들

으아아하암~.

......

나, 호적 파였어.

혼자 한국에 오는 순간부터
선전포고 받은 거지.

설정이 아니고
원래 뻔뻔한 거구나.

나랑 똑같이 생긴
동생 놈이 있는데 걔가
날 너무 싫어해.

그 자식 이름도
내가 지어줬는데

내가 그 이름을 쓰면서
다니니까 더 싫어하더라고.

내 안의
시훈이~

나라도
싫겠다.

여기보다는 캐나다가
더 낫지 않아?

뭘 모르나본데
나 개척정신 쩔어.
불모지의 개척자.

틈새시장!

100

요즘 같은 경쟁 사회에 블루오션을 찾지 않으면-

뭔 개소리야. 닥쳐.

● 뜬금없이

딱 보니 거기서도 왕따였네.

아니라고오!

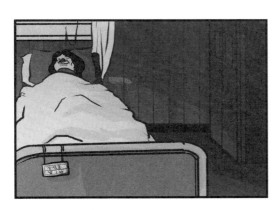

또각또각

24화

/

각
오

근데, 보험도 없는 년이
어째 1인실을 쓴다니?

배알도 없는 년-!

합의금 받을 거잖아.

언니, 원래 쌍방 폭행은
보험 안 돼-. 어쨌든 그 자식이
크게 불렀단 말이야.

합의는 무슨!
이빨을 다 뽑아야지!

배알도 없는 년!

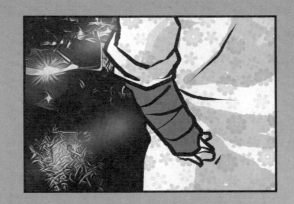

사실은 나,

무서워서 수술 못 했다?

가슴 수술하고도
석 달은 고생했어.

근육을 있는 대로
당겨가지고
보형물을 넣어서.

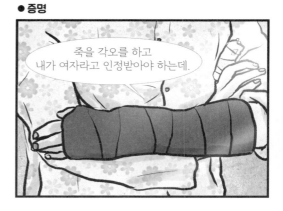

죽을 각오를 하고
내가 여자라고 인정받아야 하는데.

등 근육까지 멍이
시커멓게 들었어.

그런데 고작 죽는 게
무서우냐고

나더러 가짜라고
말하는 사람도 있어.

죽을 수도 있다잖아.

나는 여잔데.

나는 여잔데

● 여름

25화
/
행운의 사나이

● 귀국

● 변신

● 축제

● 일일 주막

● 잘생겼다

● 직업병

늘어서 미안-.
장수도 왔네.

오셨어요.

나 뭐 노래 부르고 해야 해?

설마 학교에서
가만있을라고?

하하하.

● 거짓말

많이들 도와주러 왔네.
고맙게.

아 뭐 이런 건
서로 돕는 거지.

근데, 드랙퀸쇼
한다고 하지 않았어?

엑?!

쿨럭쿨럭!

……

저놈시키….

● 정리

가게 문단속 잘해라-.

순 식빵밖에 없는데요 뭘.

장수 고생했어. 내일 마치고 뒤풀이 같이 가자?

네, 하하. 수고하셨어요-.

다들 토요일에 봐.

빙수 기계 빌려주셨으니까 매상 올려주러도 갈게.

와하하하

잘가~

그냥 돈으로 날 줘.

이제 전 좀 부치겠냐?

피곤해.

그만해라.

● 아침 귀가

여름방학 때 뭐 할 거야?

알바! 내가 언니처럼 부잣집 딸인 줄 알아?

아 진짜 언니 아니라고! 불쾌한 호칭을 언제까지 들어야 하지?

아직 안 되는 걸 어떡해 머리까지 길러가지고.

머리 기르는 건 내 자유지! 내 차림새를 왜 네가 판단하고 그르냐!

아 진짜 왜 이리 말이 많아. 교포 맞아?

나 열한 살 때 갔거든?

● 제안

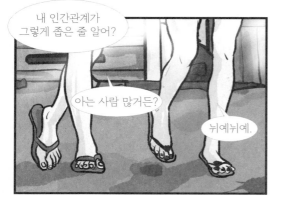

* 프라이드 토론토(Pride Toronto): 북미의 대표적인 성소수자 축제. 매년 여름 6월 말경 토론토에서 일주일간 축제와 함께 마지막 날 게이 빌리지 처치 스트리트를 중심으로 화려한 퍼레이드가 열린다.

난 또, 캐나다 부치는
더치페이 하는 줄 알았지~

부치*라니
이 개념 없는!

내 이름은 정시안입니다.

항공권 적어도 3주 전에
예약해야 되잖아?

그러니까
지금이 딱이야.

스물일곱 살이고요.

너 그사이에 예비군
나오는 거 아냐?

벌써 면제다!

제법 잘 살고 있습니다.

근데 언니, 항공권은
공짜야?

공짜가 어디 있냐?

헉! 뭐야 나 돈 없어!
등록금도 왕언니한테
빌렸는데!

으흐흐흥 괜찮아~
나 이번에 적금 타잖아~

* 부치(Butch): 남성성이 강한 여성 동성애자를 일컫는 은어.

나는 정말

행운아인 것 같아요.

끝

2부 정시안 편 인터뷰 도움 주신 분들
시안 님, 햇님언니 님

성함을 사용할 수 있게 해주신
시안 님

감사합니다.

거울아 거울아 — 정시안 편

ⓒ 다드래기, 2016

초판 1쇄 인쇄일   2016년 2월 1일
초판 1쇄 발행일   2016년 2월 4일

지은이   다드래기
펴낸이   정은영
책임편집   이책

펴낸곳 (주)자음과모음 | 출판등록 2001년 11월 28일 제2001-000259호
주소 04083 서울시 마포구 성지길 54
전화 편집부 (02)324-2347, 경영지원부 (02)325-6047
팩스 편집부 (02)324-2348, 경영지원부 (02)2648-1311
이메일 neofiction@jamobook.com | 커뮤니티 cafe.naver.com/jamoneofiction

ISBN 979-11-5740-117-8 (04810)
          979-11-5740-115-4 (set)

이 도서의 국립중앙도서관 출판예정도서목록(CIP)은 서지정보유통지원시스템 홈페이지(http://seoji.nl.go.kr)와
국가자료공동목록시스템(http://www.nl.go.kr/kolisnet)에서 이용하실 수 있습니다.(CIP제어번호: CIP2015035291)

이 책에 실린 내용은 2015년 1월 14일부터 2015년 7월 15일까지 레진코믹스를 통해 연재됐습니다.